Ce matin, José regarde un gentil dessin animé à la télévision, mais il veut entendre plus fort et appuie sur la télécommande ...

Pas de chance, en même temps il appuie aussi sur un autre bouton de chaine et tombe sur un film pour les grands qui fait très peur.

Il entend même un vilain monsieur qui crie sur un autre en le traitant de

" GROS BOULET ! "

A coté, dans la cuisine, maman fait de la bonne purée pour le repas.

" *José, baisse le son voyons, c'est beaucoup trop fort mon garçon !* "

Mais José se met à crier plus
fort encore que la télévision :
*" Maman, maman, j'ai eu très peur
du vilain monsieur qui crie ! "*

" Oh, mon pauvre petit poussin… n'aie pas peur, ce film n'est pas pour toi ! Papa et moi sommes là pour te protéger et te rassurer jusqu'à ce que toi, notre " petit poussin" deviennes un " **GROS POULET !** "

"GROS BOULET ?!"

... José ne sourit plus !
Il croit entendre et
comprendre :
*"...tu deviennes un
GROS BOULET ! "*

Pauvre José ! Va-t-il vraiment devenir un gros boulet ? Le lendemain, il se rend à la journée sportive de l'école et ... SURPRISE, il voit derrière lui un petit boulet noir qui semble le suivre !!!

Et plus José se rapproche de l'école, plus il a peur que tout le monde voie ce boulet qui le suit et qui semble grossir à vue d'oeil !

Les amis de classe de José montrent ce qu'ils ont appris en gymnastique, une pirouette que l'on appelle le "*roulé-boulé*". Quel beau spectacle !

" A toi José, à ton tour de faire ce beau roulé-boulé." dit l'instituteur. Malheureusement José comprend *"... faire ce gros BOULET-BOULET. "*

"Ah non, se dit José, ça c'est trop fort, maintenant je suis un double boulet !!! "

José se met à bouder. A la récréation, lorsque Jeannette dit : " *qui veut rester jouer au ballon prisonnier ?* " José comprend à la place " *... qui va rester un BOULET prisonnier ?* " Et il se met à l'écart tout seul.

"Voilà, c'est encore moi le BOULET prisonnier ! Les autres s'amusent et moi, avec ce gros boulet qui me suit et grossit toujours, je reste tout seul ... ce n'est pas juste !" se dit José.

A la piscine, le maître-nageur prévient José : " *Avant de sauter dans l'eau, prends la grosse bouée !* " mais, une fois de plus, José comprend "*... prends le GROS BOULET !* "

Avec courage, José prend son GROS BOULET imaginaire : "*J'espère au moins qu'il flotte bien !*" ... et... *PLOUF !*

Mais le GROS BOULET a coulé
et José avec !

*" Eh bien jeune garçon,
il ne faut pas plonger
sans rien ! Tu pourrais
te noyer ! "*

José voudrait s'expliquer,
mais il préfère porter
son boulet
en secret.

"*Cela ne sert à rien de parler de mon boulet, personne ne le voit sauf moi* " se dit José. Mais en rentrant à la maison, sa maman voit bien qu'il porte quelque-chose de lourd sur le cœur." *Il faudra bien percer ce mystère* " pense-t-elle ...

Au coucher, l'énorme BOULET prend toute la place dans le lit. La maman de José voudrait comprendre ce qui tracasse son enfant et lui chuchote des mots gentils pour le rassurer, mais le petit garçon intervient :

" Maman, pourquoi me souffles-tu dans l'oreille ?"

Maman est d'abord étonnée puis comprend vite ce qui attriste tant son garçon :

Il entend très mal !!!

" - *Mon pauvre José* dit-elle en parlant fort, *demain nous irons voir un docteur spécialiste des oreilles ...* "

" - *Et il va m'enlever le gros boulet qui me suit partout ?* " *demande José.*

" - *Je crois que oui, d'une certaine manière ... tâche de dormir mon petit poussin.* "

Le lendemain, José passe quelques petits examens et le gentil docteur voit ce qui ne va pas.

" Ce n'est pas si grave, mais il te faudra porter un petit appareil derrière l'oreille et cela va tout réparer ... tu entendras comme avant ! "

" - *Regarde José, on ne voit presque rien de l'appareil et tu peux l'installer tout seul.* "

" - Oui maman, mais moi je vois toujours un petit boulet à mon pied... Je croyais qu'il partirait grâce à l'appareil, non ? "

" - *Je vois mon garçon. Demain nous irons à l'école parler avec tout le monde et je crois qu'après, ton boulet disparaitra pour toujours.* "

Le lendemain à l'école :

" Non José, je n'ai pas dit que tu étais un BOULET-BOULET, je t'avais juste demandé de faire un "roulé-boulé" ! "

et le boulet diminue.

De même, ses amis lui expliquent :"on n'a pas dit : "... *qui va rester le BOULET prisonnier ?* ", mais "...*qui veut rester jouer au BALLON prisonnier !* "...et le boulet diminue encore.

Avec le maître-nageur de la piscine :" *Je t'avais dit ... prends la GROSSE BOUEE* " et non pas *"... prends le GROS BOULET !* "

Et le boulet devient minuscule !

En sortant, José regarde derrière lui et ...OH ...SURPRISE !!!

"Maman, il n'y a plus de boulet, mais à la place il y a ...

... UN GROS BALLON BLEU ! *Je vole, je vole et je suis tout léger...léger comme mon petit cœur ! "*

" - Mais ne vas pas trop haut " dit la maman de José,

" - Je sais très bien que tu m'entends maintenant, pas d'excuse petit coquin !!! "